귓속에서 운다

실천시선 192

귓속에서 운다

2011년 6월 27일 1판 1쇄 펴냄
2011년 10월 25일 1판 3쇄 펴냄

지은이   이창수
펴낸이   손택수
주간   이명원
편집   이상현, 이호석, 박준
디자인   풍영옥
관리 · 영업 김태일, 이용희

펴낸곳   (주)실천문학
등록   10-1221호(1995.10.26.)
주소   우121-839, 서울시 마포구 서교동 478-3 동궁빌딩 501호
전화   322-2161~5
팩스   322-2166
홈페이지   www.silcheon.com

ⓒ 이창수, 2011

ISBN 978-89-392-2192-5 03810

이 도서의 국립중앙도서관 출판시도서목록(CIP)은 e-CIP 홈페이지
(http://www.nl.go.kr/ecip)에서 이용하실 수 있습니다.
(CIP제어번호: CIP2011002458)

실천시선

192

귓속에서 운다

이창수

실천문학사

차례

제1부

제2부

제
1
부

기연(奇緣)

눈 덮인 무덤에 손자국이 나 있다
지상에서 가장 아득한 높이에
자리 잡은 봉분 위
따뜻한 손가락이 녹고 있을 때
선연한 무엇이 이마에 와 닿는다
저기 무어라 할까
이울어진 목울음으로만 흐르는
애잔한 강바람 소리라고나 할까
산그늘 배웅해주는
치맛자락 스치는 소리라고나 할까
무덤 위의 두 손 맞잡아 들이는
이 마음을 무어라 부를까

열쇠 꾸러미

서랍을 정리하다가 열쇠 꾸러미를 보았다
이사를 다닐 때마다 하나둘 모아둔 것들이
한 꾸러미나 되었다
녹이 슨 열쇠를 만지작거리다 보니
이제는 돌아갈 수 없는 빈방들이 생각났다
하지만 옛 시절이 그리운 것도 아니어서
열쇠 꾸러미를 쓰레기통에 던져버렸다

철렁!
열쇠들이 소리를 질렀다
쓰레기통으로 들어간 열쇠들이
나를 큰 소리로 불렀다
나를 여기까지 데려다주고 돌아가는
순한 짐승들이
나를 마지막으로 불러보는 것만 같았다

철렁!

죄를 지은 것처럼 가슴이 저려왔다

요산요수(樂山樂水)

　무등산 고개 넘다 보면 김삿갓이 썼다는 樂山樂水라고
적힌 비석이 있다. 호젓한 그 산길 걷다 여자가 물었다.
오빠 저게 무슨 말이야. 락산락수야 남자가 말해주자 아!
여자는 자랑스러운 눈빛으로 남자를 바라보았다. 혼자 족
두리봉 오르는 길에 토끼봉 약수보다 맑은 오래전 그 여
자의 예쁜 눈이 생각났다.

목련은 무엇으로 지나

막다른 골목에 카페 레테가 있었다
레테에는 나이 스물의 여자와 마흔의 여자가 있었다
나는 스물 된 여자의 손금을 보아주었고
마흔의 여자는 그런 내 관상을 보아주었다
목련의 속살을 엿보듯
스물과 마흔의 몸 찬찬히 훑었다
막다른 골목의 레테에서 술을 마셨다
하지만 지난한 내 하루가 저물도록
두 여자 사이에 흐르는 강을 건널 수 없었다
스물과 마흔의 중간에서
목련이 활짝 치맛자락을 펼쳤다
치마가 펼쳐지는 순간 꽃은 시들어갔다
손금이나 관상으로는 알 수 없는
그 무엇 때문에 나는 늘 쓸쓸하였다
꽃은 지고 나무는 제자리에 있었다
지는 꽃은 쓸쓸함을 다해 나무를 잊을 뿐이었다

세상에서 가장 긴 혀

밧줄에 묶인 강아지가 밧줄과 함께 놀고 있다
밧줄을 물고 할퀴며 밧줄에 길들여지고 있다
밧줄이 허락한 거리는
은행나무 둥치에서 치킨집 유리문까지
강아지는 맹렬한 속도로
치킨집 유리문을 지나가려다 나동그라진다
나동그라지면서도 밧줄에서 벗어나려고 애쓴다
밧줄이 느슨한 자리에
주인이 놓아둔 밥그릇이 있다
밧줄과의 놀이에 짜증난 강아지가 밥그릇을 뒤엎는다
곧바로 밧줄의 길이가 짧아진다
은행나무 아래 늙은 개가 긴 혀를 내밀어
강아지의 잔등 천천히 핥아준다
은행나무에서 유리문까지가
살아서 갈 수 있는 제 거리의 전부라는 걸 아는 강아지
은행나무와 치킨집 유리문에 싼 오줌으로
제 영역을 지킨다

강아지는 밧줄 너머의 세상을 바라본다
밧줄에 목이 감긴 강아지가
지금까지 내민 혀 가운데
가장 긴 혀를 주인에게 내민다

수양버들

수양버들 아래 늙은 개가 죽어가고 있다
개는 다리 밑에서 흘러오는
희미한 물소리에 귀 기울인다

수양버들, 그녀가 죽어가는 개를 내려다본다
머리카락이 긴 수양버들, 그녀의 무릎 아래서
개는 수양버들, 그녀의 말을 듣고 있다

흙바람 치는 다리 아래
부모 없는 아이들이나
자식 없는 노인들이 천막을 치고 산다

큰물이 져 다리 아래 살던
사람들이 죽어나가면 죽은 사람들은
잠시 수양버들, 그녀의 무릎 아래
누웠다 저세상으로 간다

그때마다 수양버들, 그녀는
머리카락을 땅바닥까지 늘여
마지막 숨 몰아쉬는 것들 달래준다
그녀의 목소리 들어본 사람들
아직 이 동네에는 없지만

지금 수양버들, 그녀의 무릎 아래
늙은 개가 그녀의 말에
귀 기울이며 천천히 눈감고 있다

화성으로 온 여자

화성엔 내가 밥 빌어먹는 신문사가 있다
한물간 기자들과 읍내의 퇴물들이
낡은 말가죽 소파에 앉아 종일 화투를 친다
편집실 정이라고 불리는 여자는
고향이 흑룡강이다
그녀는 내게 겨울이 긴 고향 이야기를 들려주곤 한다

흑수말갈족의 후예일까
옛 부여족의 후예일까

화성에는 내가 밥 빌어먹는 신문사가 있다
내가 쓰는 기사는 주로
화성의 유지들을 위한 홍보물이나
누군가의 뒤통수를 노리는 음란물이다

편집실 정은 할아버지에게 조선말을 배우던
혹한의 어린 시절이 그립다고 한다

흑수말갈족의 후예일까
옛 부여족의 후예일까

겨울이 와도 화성엔 눈이 내리지 않았지만
그녀와 나는 말가죽 소파에 앉아
눈이 가슴까지 쌓이는 흑룡강 어귀를 거닐곤 했다

불구경

숭례문이 불타던 날
흑석동 옥탑방에서 소주를 마시고 있었다
누군가 나서서 금방 끌 거라고 믿었다
별일 없을 거라고 아랫도리에 손을 넣고
옛 애인을 생각하고 있었다
숭례문이 무너지는 모습을 티브이를 통해 보았다
아랫도리에서 손을 빼고 양동이를 들고 나서야 했지만
나는 나가지 않았다

용산에 불이 났다
티브이를 통해 불구경했다
여섯 사람이 죽었다고 했다
다시 아랫도리에 손을 넣고
식어버린 과거의 일들을 더듬었다
비겁하다고 자책하면서도
아랫도리에서 손을 빼지 못했다

사는 게 그랬다

신발

신발을 잃어버린 사람보다 불쌍한 사람은 없다
아무리 값비싼 옷을 잃어버려도
맨발로 돌아오는 사람보다 불쌍하지는 않다
반포대교 아래에서
날 저물도록 신발 찾는 사내를 보았다
오래전 잃어버린 신발 때문에
귀가를 미루는 가장을 만났다
여태 가라앉지 않고 떠다니는
물거품 같은 신발 한 짝을 찾아다니는 초로의 사내
맨발로는 도저히 집으로 돌아갈 수 없기에
남은 신발을 벗어버리지도 못하고
물거품으로 떠돌고 있는 것이리라
너덜너덜한 어둠으로 흘러들어가는 저 사람이
오래전 잃어버린 내 신발 같아서
흘러가는 강물을 바라보고 또 바라보았다

처서(處暑)

여자가 집을 나갔다
고양이가 새끼를 배 왔다

슬레이트 지붕 위 뒤엉킨 덩굴이
꽃을 피워 물었다

흙벽에 금이 가고 달이 기울었다
솔바람이 울면서 산으로 갔다

먼 산에서 목탁 소리가 울려왔다

새

세숫대야만 한 돌멩이가 겨울 강에 박혀 있다

단단한 얼음벽에 머리를 집어넣고 있다

강안을 떠도는 새의 울음이

불민불민 겨울 강에 박혀 있다

딱딱한 어둠에 구멍을 뚫는 새 울음이

바람벽 지나 내 귓속에서 운다

두고 온 무엇이 저런 울음소리 만드는가

꿈에서도 자비롭지 않은 그대여!

베갯잇을 적신 지우개만 한 새가

수(壽)와 복(福) 사이를 날아다니다

내 이마에 앉아 울고 있다

웅덩이

길바닥에 흙탕물이 고여 있다

흙탕물에 비치는 하늘은 깊고 고요하다

하늘 위로 새와 구름이 지나간다

누군가 그 안으로 들어가 마음의 빗장 지른다

새와 구름이 사라진 고요한 대낮

시골집 툇마루 위

울다 잠든 아이의 눈두덩이에

말라붙은 눈물 자국이 보인다

손바닥으로 아이의 눈을 닦아주는 그대여

누가 이 허방을 살다 가나요

압록에서

장마로 탁해진 강물에 투망 던진다
강 건너 자갈밭 술 마시던 사람이
무엇을 잡았느냐고 묻는다
보성강과 섬진강이 몸 섞는 압록에선
사람의 목소리가 유난히 크게 들린다
사방이 산으로 병풍 둘러 있어
사람 소리나 짐승 소리나
스스로 내뱉은 소리보다 더 크게 울린다

무엇을 잡았어요?

산의 고요를 휘돌아 나오는 큰 목소리에
묻는 사람이 오히려 당황해한다
투망에서 나온 손가락만 한 물고기들이
일제히 입 벌린다

무엇을 찾아 왔어요?

장마철 속이 들여다보이지 않는 압록으로
나는 무엇을 찾아 온 것인가
첩첩산중으로 들어간
손가락만 한 내 목소리가 가져올 대답을
날 저물도록 기다리고 있다

화석

돌 속에서 물고기가 헤엄치고 있다

가시만 남은 몸으로 헤엄치고 있다

눈꺼풀도 없이 앞만 보고 있다

물고기에게는 전생도 후생도 없다

오직 현생만 있을 뿐이다

석경(石經)에 그렇게 기록되어 있다

물고기가 돌의 강물에서 헤엄치고 있다

백 리 또 백 리

별을 세다가

별을 세다가
너를 보아버렸다

북쪽 하늘 쓸쓸히 노숙하는
별을 따라가다

지극한 마음이 고여 출렁거리는
우물을 보았다

우물물 두레박으로 퍼다 주는 소리에
사방을 기웃거리다가

깊은 볼우물 가진 얼굴을 떠올려보고
그 허방을 메우지 못한 서운한 마음으로

밤 물결 아득한 하늘을 바라보다
오오 지극한 별 하나를 보았다

입동(立冬)

소나기 지나가고 물웅덩이가 남아 있네

물웅덩이 속으로 구름이 지나가네

구름 속으로 고추잠자리가 사라지네

말라붙은 흙 속으로 하늘이 사라지네

흙 속으로 사라진 하늘에서 개망초가 올라오네

개망초 위로 소나기와 구름과 고추잠자리가 지나가네

모두가 지나간 자리에 첫눈이 내리네

제
2
부

봄밤

　빈대를 잡으려다 초가를 태운 사람이 뒷집에 산다. 두
고두고 동네사람들의 웃음거리가 되었던 그 사람이 봄날
죽었다. 마당에서 술 마시고 윷 놓던 사람들 모두 웃음 참
느라 죽을 지경이다.

큰 새 두 마리와 큰 뱀과 나

1

초등학교 2학년 때였습니다
해 질 녘 겨울 강가에서
황소만 한 새가
서쪽 하늘로 날아가는 걸 보았습니다
짙은 암회색 깃털의 새는
가는 길이 멀어 힘들다는 표정으로
지상의 나를 느릿느릿 지나갔습니다
늙고 지친 새야 어디로 가느냐?
큰 새에게 행선지를 물었습니다
큰 새는 대꾸도 없이
나에게서 아주 멀어져 갔습니다

2

늦가을 저녁
아버지와 어머니 중학생이 된 나와 동생이
묵석골 감나무밭에서 감을 따
집으로 돌아오는 저녁
황소보다 갑절이나 큰 새가
커다란 소나무에 앉는 것이 보였습니다
그 순간 소나무가지 우두둑 부러지는 소리가
내 귀에 뚜렷하게 말뚝 박혔습니다
우리 가족을 낚아챌 만큼
아주 큰 새였지만 다행히
우리 가족을 낚아채지는 않았습니다

3

중학교 3학년 때 천마산으로 봄 소풍 갔었습니다
길주랑 둘이서 점심을 먹다
아카시아 나무에 비닐호스 같은 것이 걸려
바람에 나풀거리는 걸 보았습니다
어른 세 사람의 키보다도 훨씬 넘는 길이였고
어떤 것은 그보다 훨씬 긴 것도 있었습니다
가까이 가보니 뱀의 허물이었습니다
세상에 이렇게 큰 뱀이 있다니!
우리는 죽기 살기로 도망쳤습니다

4

큰 새와 큰 뱀에 대한 두려움은 곧 없어졌지만
그 기억 때문에 거짓말쟁이가 되곤 합니다

살아오면서 가장 두려운 일은

거짓말쟁이로 낙인찍히는 일이고

종종 그런 경우를 당하게 되는 때가 있습니다

바로 그 이유 때문에

큰 새와 큰 뱀에 대한 기억을 버렸습니다

하지만 추운 겨울밤이면

몇 접의 떫은 감과 봄날의 소풍은

큰 새와 큰 뱀이 되어

지금도 나를 찾아오곤 합니다

동막동

이복형제가 많은 아버지 탓에 가계도가 복잡해졌다

오십 년 전 동막동으로 돌아오신 할아버지 탓이었다

이복 삼촌들에게 부역하는 벌초가 귀찮아졌다

벌초하던 낫 버리고 자전거로 보성강을 따라갔다

보성강은 흘러가면서 자꾸만 다른 물줄기를 만들었다

아버지의 이복들이 이복을 만들었다

어머니는 피는 못 속인다고 아버지의 화를 돋우었다

동막동의 벌초는 한국근대사를 외우는 일보다 힘들었다

아무리 낫을 휘둘러도 동막동의 풀은 더욱 무성해졌다

날마다 자라나는 풀들을 낫으로는 감당할 수가 없었다

구례 하동을 지나갔던 은빛 물결이 동막동으로 돌아왔다

구례 하동을 지나갔던 삼촌들이 동막동으로 돌아왔다

아버지는 불편한 걸음으로 이복들을 마중 나갔다

고모

사촌이 항아리 안으로 사라졌다
어릴 적부터 주변 사람들을 놀라게 하는
특별한 재주가 있는 녀석이었다
가령 아파트 9층에 있는 제 방에 들어가기 위해
10층에서 물통을 타고 내려온 적도 있었다
계단이나 엘리베이터가 아닌 물통을 타는 데
재미를 느낀 사촌이 5층에서 1층으로
물통도 없이 내려오는 기예를 보여주었다

사촌이 들어간 항아리를 안아주었다
항아리가 비좁다고 사촌이 툴툴거렸다
항아리를 열고 눈과 코와 턱이 구별되지 않는
하얀 가루인 사촌을
가문비나무와 망초 사이에 뿌려주었다
사촌은 항아리에서 나오자마자
9층 높이의 하늘에서
훨훨훨 날아다니는

놀라운 활강을 보여주었다
사촌의 경이로운 재주를 지켜보던 고모는
오오 내 아들아! 발만 동동 굴렀다

곡(哭)

　수원 큰형님에게서 시제에 가자고 전화가 온다. 선산은 어렸을 적에 가보고 지금껏 가보지 않는 곳이다. 선산으로 가는 길이 기억나지 않는다. 선산 앞에 흐르는 강을 업어서 건네주던 당숙들의 얼굴도 떠오르지 않는다. 요즘은 형님의 목소리도 잊어버리고 누구냐고 되물을 때도 있다.

　시제를 모시고 난 후 떡과 고기를 나눠주는 당숙들은 분배의 천재들이었다. 제사상 앞에서 당숙들에게 아이고와 어이의 차이를 배웠다. 아이고는 친부모와 조부모상에서만 내는 울음소리이고 어이는 가까운 친척이 죽었을 때 내는 울음소리라 했다.

　시월이 깊어지면서 강물은 아이고 하며 곡을 한다. 허리 한번 내어준 적 없는 조카들이 선산으로 가는 긴 다리에 서 있는 나를 보고 웃는다. 다리 밑으로 아이고에서 어이로 울음소리를 바꾼 강물이 흘러간다. 강물이 당숙들의 묘지를 싣고 머나먼 세상으로 흘러간다. 나는 울음소리의

46

바깥에서 저 아련한 슬픔 넘어가는 울음의 여울을 보고
있다.

고사

　형님이 돼지우리에 들어갔다. 오백 근이 넘는 돼지를 잡겠다고 했다. 형님은 저돌(猪突)의 의미를 아는 장부였다. 당숙이 큰일을 한다고 했다. 기골이 장대한 형님이 시퍼런 도끼를 들고 돼지를 노려보았다. 돼지도 붉게 충혈된 눈으로 형님을 노려보았다. 돼지를 이렇게도 잡나? 눈 깜짝할 사이에 싸움이 끝났다. 형님이 돼지 밑에 깔렸다. 마을사람들이 돼지에게 선처를 호소했다. 어른들이 달려들어 씩씩거리는 돼지를 안방으로 모셔갔다. 형님은 돼지우리에 누워 슬프게 울었고 돼지는 아랫목에서 웃고 있었다. 그날 이후 형님은 예순이 넘도록 돼지우리를 치우며 돼지를 상전으로 받들며 살았다. 때때로 고사(告祀)상에서 기고만장한 표정을 짓고 있는 돼지를 만날 때마다 기골이 장대한 형님이 떠올랐다.

할머니의 세 가지 소원

아흔한 살에 돌아가신 할머니에게는 세 가지 소원이 있었다. 첫째 소원은 데모를 구경하는 것이었다. 내가 할머니의 소원을 들어주었다. 할머니는 전남대학교 후문에서 수천 명의 전경들과 대학생들이 벌이는 최루탄과 투석의 공방을 의젓하게 관전하셨다. 할머니의 두 번째 소원은 무등산에 올라가보는 것이었는데 이 소원은 큰형님이 들어주었다. 우리 형제는 할머니를 모시고 무등산에 가서 닭죽을 먹었다. 얼마 후 시골로 내려가신 할머니는 마루를 닦거나 텃밭을 가꾸시다가 돌아가셨다. 할머니는 아버지가 지켜보는 앞에서 눈을 감으셨다. 아버지의 소원은 자신이 건강할 때 할머니의 임종을 지켜보는 것이었고 이것은 할머니의 소원이기도 했다. 아버지는 마음 놓고 늙을 수 있게 해준 할머니에게 고맙다고 하셨다. 할머니는 마지막 소원을 스스로 이뤘다.

홍어

친구 조현수가 호남 최대의 禮式場에서 결혼했다. 호남 최대의 禮式場에서 결혼한 조현수는 딸과 아들을 낳았다. 그리고 십 년 뒤 우리는 조현수의 부고를 듣고 호남 최대의 禮式場으로 모여들었다. 호남 최대의 禮式場의 간판이 호남 최대의 葬禮式場으로 바뀌어 있었다. 달라진 건 한 글자밖에 없었으나 禮式場과 葬禮式場의 간격은 이승과 저승만큼 멀었다. 빚보증을 서주고 갈라선 조현수와 나와의 거리만큼 멀었다. 친구 조현수가 고등학교 동창들의 환호와 축가를 들으며 신부의 손을 잡고 입장하는 것과는 달리 이번에는 일가의 곡소리를 들으며 누워 있었다. 젊은 그의 아내는 호남 최대의 葬禮式場에서 결혼식 때와 마찬가지로 눈물을 쏟고 있었다. 결혼식장에서 그녀가 눈물 흘릴 때 하객들이 박수를 쳤으나 이번에는 조문객들이 가슴을 쳤다. 내 친구 조현수가 단 한 글자로 뒤바뀐 이 비운의 건물에서 수의를 입고 조문객들을 맞고 있을 때 나는 결혼식 때와 마찬가지로 홍어 안주에 소주를 마셨다. 조의금을 세다 생각난 듯 눈물 흘리는 그의 일가를

50

보면서 禮式場인지 葬禮式場인지 헷갈리던 나는 박수나 가슴 대신 화투를 쳤다. 조현수의 죽음이 실감 나지는 않았지만 호남 최대의 禮式場이 호남 최대의 葬禮式場으로 바뀌듯 이해되지 않는 슬픔에 무작정 동참했다. 하지만 여전히 이 건물 간판에 덧붙여진 한 글자에 대해 이해와 동의를 얻지 못하는 조현수와 고등학교 동창들 어느 누구도 간판에 덧붙여진 한 글자에 대해 설명하지 못했다. 다만 나는 禮式場과 葬禮式場 어디에서나 빠짐없이 밥상 위에 올라와 있는 홍어에 대해, 홍어의 불가해한 맛에 대해 골몰할 뿐이었다.

일심(一心)

어깨에 一心이라는 문신을 새긴 사내가 목욕을 하고 있
다. 열탕에 몸 담그고 두 눈 꼭 감고 있는 사내의 몰골에
서 젊은 시절의 무용담을 느끼기는 힘들다. 기껏해야 어
물전 노인들 상대로 자릿값이나 뜯었을 행보가 엿보일
뿐이다. 사내의 一心에게 들키지 않을 만큼의 거리에서
사내의 흰머리를 본다. 지난날 민주화 운동을 하였을 리
는 만무하고 좁은 어깨로 무리를 이끌었을 리는 더더욱
가망 없어 보이는 사내의 一心이 보일 듯 말 듯 열탕에 잠
겨 있다. 사내가 천천히 몸을 일으킨다. 사내의 어디에도
잠룡의 기개는 보이질 않는다. 목욕탕에 희미하게 떠 있
던 一心이 사내를 따라 휑하니 밖으로 나가버린 뒤 열탕
에 앉아 오래전 열망이었던 그대를 생각한다. 그대를 내
몸에 뱀이나 용으로도 새겨 넣지 못했던 용렬함으로 고
백하건대 나에게는 一心이 없다. 나에게 없는 一心인 오
래전 그대를 지금 무슨 면목으로 뒤돌아볼 것인가!

세상에 이런 일이!

세상에 이런 일이! 옆집 성국이네 개가 티브이에 나왔다. 성국이가 아니라 성국이네 개가 티브이에 나왔다. 종일 은행나무에 기대놓은 리어카 바퀴를 돌리던 누렁이가 티브이에 나오다니! 나이 사십이 되어서도 여전히 백수인 내 친구 성국이도 아니고 어느 날 갑자기 아무런 이유 없이 리어카 바퀴를 돌리던 성국이네 개가 스타가 되었다. 그 덕분에 성국이네 집으로 최신형 김치냉장고와 세탁기가 들어왔다. 목련이 만발하고 벚꽃이 천지를 개벽하는 봄날 오랜만에 집에 들어와보니 어머니께서 머리를 싸맨 채 누워계셨다. 형수님들도 해오지 못한 최신 김치냉장고며 세탁기를 불러들인 성국이네 개(나와 성국이보다 훌륭한)를 보니 저절로 탄성이 나왔다. 세상에 이런 일이!

여섯시 오분 전

마을에 석탑이 있다
석탑 때문에 그 인근을 탑동이라 부른다
마을 안에 또 다른 마을이 있는 셈이다

상부가 기울어진 탓으로
언젠가 석탑이 무너지고 말 거라는
석탑이 무너지면
마을에 재앙을 불러올 거라는

불안을 견디며 석탑이 서 있다

마을을 찾아온 사람들이
불안한 석탑의 내력을 물어보지만
마을 사람들 누구도 불안의 내력을 모른다

팔촌 형님은 고개가 살짝 기울어진 탓으로
별명이 여섯시 오분 전이다

가난 때문에 지병을 별명으로
평생을 마을의 석탑으로 견뎌왔으니
일가의 근심이 형님의 지병만큼 깊다

물려받은 근심을 견디며 시계를 본다
세상은 늘 여섯시 오분 전이다

호박죽

마루 끝에 앉은 외할머니께서
늙으면 죽어야 한다고 했다
늙으면 죽어야죠!
외할머니의 지당하신 말씀에 맞장구쳤다

그날 저녁 외할머니는 머리를 싸매고 드러누웠고
나는 이유도 모른 채
어머니의 부지깽이를 피해 마루 밑에 숨었다
외할머니의 지당한 말씀에 대한 대꾸가
빨간 불꽃이 살아 있는
부지깽이로 돌아올 줄은 꿈에도 생각 못 했다

그날 저녁 호박죽 한 그릇을 다 드시고도
입맛이 없다는 외할머니에게
한 그릇 더 드시라는 어머니의 말씀을
나는 이해할 수가 없었다

가로등

산비탈 아래 가로등 불빛을 보고 있다

불빛에 숯 검댕이 묻은 사내의 울음이 섞여 있다

울음소리는 고비를 건너온 노새의 투레질 소리다

일요일 오전 산비탈에 있는 청룡사를 찾아갔다

스님이 녹음기로 반야심경만 틀어놓고 절을 나갔다

절 마당을 쓸어주고 언덕길 따라 집으로 돌아왔다

스님은 반야심경을 틀어놓고 어디로 갔나!

산비탈 아래 쓸쓸한 눈이 나를 보고 있다

대흥사

사내들이 화투장 뒤집는 동안
여자들은 찜통에 개를 삶는다
동백나무가 동박새와 화냥질하는 동안
초록의 장삼가사로는 다 덮을 수 없는
황홀한 세속에서
누군가 오래오래 공염불 읊는다

찜통에 개를 삶던 오래전 그 여자는
화투장 뒤집는 나를 보고 깔깔거리고
저녁을 뒤집어도 아침이 오질 않는
동백 청동 그늘 아래
누군가 오래오래 공염불을 읊고 있다

일월사 미륵불

그는 제석산 바위에서 태어났으나
바위를 벗어날 수 없는 운명이다
바위와 자웅동체인 그가
탐탁지 않는 눈으로 나를 보고 있다
할머니와 어머니가 사십 리 길 걸어
시든 배와 쌀 닷 되를 놓고
내 명운을 빌어주었으나
나는 폐사지 잡초보다 보잘것없다
보잘것없는 잡초가
내 전생이면서 현생이다

바위 위로 해와 달이 지나간다

시든 배와 쌀 닷 되를 머리에 인
어머니와 할머니가
고달픈 내 후생을 빌러 가는 게 보인다

운주사 와불

가파른 산비탈에 그녀가 살고 있었다

나는 그녀를 찾아갔지만
그녀는 돌보다 깊은 잠만 잤다

솔바람이 그녀의 이마를 핥아주었지만
그녀는 결코 나를 보아주지 않았다

이승과 저승이 구별되지 않는 세월이 흘렀다

빗물에 배롱나무가 꽃의 허물 벗던 가을
그녀를 찾아갔다

그녀의 감은 눈에 눈물이 고여 있었다
그녀의 이마에 손을 짚어주었다

허술한 하늘의 이엉에 그녀가 키우는 별들이

세상을 촘촘히 덮고 있었다

오래오래 잠들지 못했던 한 남자가
그녀의 곁에 누워 돌보다 깊은 잠에 들었다

제
3
부

에덴의 저쪽

1

에덴은 있다
에덴은 이태원에 있다
에덴은 이태원 성광빌딩 2층에 있다
1층에는 성광빌딩의 전월세를 관할하는
하느님의 권능을 지닌 태양부동산 사장님이 계시고
2층에는 그분이 창업하신 에덴고시원이 있다
남산과 한강이라는 든든한 배경을 가진
배산임수(背山臨水)의 명당 건너편에
에덴고시원이 있고 지하에 지옥이 있다

2

성경 밖의 이야기지만
지하의 독일산 최신 앰프 때문에

에덴주민과 트랜스젠더들 사이에 싸움이 벌어지곤 한다
에덴과 지하에서 받는 월세 때문에
하느님과 동등한 권세를 가진 태양부동산 사장님도
지상과 지하의 싸움을 구경만 하고 있다
지상과 지하 양쪽에서 월세를 받는
태양부동산 사장님의 권능으로도
이들의 싸움을 막기는 어렵다

3

에덴주민이 용산구청과 용산경찰서에
진정을 넣어보았지만
용산철거민들이 불에 타 죽은 이후로
자기들 소관이 아니라며 두 손 놓고 있다
태초부터 시작된 선과 악의 싸움이
성광빌딩에서도 계속되고 있다

북한의 대포동미사일이

이태원에 떨어질 거라는 소문이 나돌았다

에덴주민과 트랜스젠더들 사이의 분쟁을

대포동미사일이 해결하게 되었다고

태양부동산 사장님이 혀를 찼다

에덴주민과 트랜스젠더들 어느 누구도

용산구청과 용산경찰서가 아닌

조선인민민주주의공화국에 민원을 제기하지 않았지만

이태원에 대포동미사일이 떨어질 거라고 했다

믿음과 소망에 지친

에덴주민과 트랜스젠더들이

차라리 잘되었다고 했다

4

에덴에 트랜스젠더가 잠입했다

총무가 트랜스젠더와 여자를
구별하지 못했기 때문이었다
미리 한 달 치 방값을 지불했기 때문에
방을 물릴 수는 없다며
트랜스젠더와 여자를 어떻게 구별하느냐고 물었다가
태양부동산 사장님에게 면박만 당했다
날씬하고 예쁘고 상냥한 트랜스젠더였지만
에덴에서는 환영받을 수 없는 인물이었다
그라고 불러야 할지 그녀라고 불러야 할지 난감했다
어쩌다 눈이 마주치면 헤 하며 웃을 수밖에 없었다
군대는 어디에서 근무했느냐고 물었다가
따귀를 맞을 뻔했다

5

철쭉이 천천히 혀를 내밀고 있는 대낮에

그도 그녀도 아닌 213호가 봉투를 내밀었다
그이면서 그녀인
그녀이면서 그인
213호의 창백한 봉투를 받아들고
213호의 긴 손가락을 보았다
남자의 성기를 닮은 가늘고 긴 손가락이었다
대포동미사일처럼 보였다
아니 발사에 실패한 나로호처럼 보였다

6

하느님의 권세를 가진 태양부동산 사장님이
믿는 도끼에 발등 찍혔다
에덴과 지옥을 주관하시는
태양부동산 사장님의 눈을 피해 총무가
월세를 가지고 도망쳤다

일찍이 뱀이 이브를 꼬였던 것처럼
총무는 그도 그녀도 아닌 213호와 함께
선악과보다 귀한 월세를 들고 도망쳤다
에덴의 선민들은
이 모든 게 하느님의 뜻이라고 했지만
태양부동산 사장님의 성서에는 있을 수 없는 일이었다

7

에덴의 뒤뜰에 오동나무가 있다
오동나무 잎은 성서에 나오는 무화과 잎사귀보다 크다
무화과 잎은 이브의 치부를 가렸으나
오동나무 잎은 에덴주민의 가난을 가려준다
오동나무 잎이 가난을 가려준 덕분에
에덴주민 사이에는 차이와 분별이 없다
하지만 신들 사이에는 위계질서가 있다

공자도 차이와 분별을 예(禮)라고 하지 않았던가!
차이와 분별이 없는 사람들을 신은 용서하지 않는다
차이와 분별이 없는 사람들은 예의가 없어서이다
예의가 없는 사람은 사람이 아니다

8

신과 같은 권세를 지닌 사람들은
예의 없는 사람들을 경멸한다
신들이 서로에 대해 예의를 차리듯
남산 아래 사는 재벌들은
재산의 양중에 따라 서로를 존중한다
재산의 양중은 서열을 낳고
서열은 차별을 낳고
차별이 명품을 낳고
명품이 명문을 낳고

명문이 족보를 만드는데
명문가에는 가끔 족보에 없는 처자식이
드라마 주인공으로 나온다
에덴주민은 주로 이런 막장 드라마에 정신을 놓곤 한다

9

에덴은 이태원에 있지만
이태원에서는 성광교회보다 이슬람사원이 더 유명하다

이태원에 한국군인들보다
미군들이 더 많이 돌아다니는 이유를 묻지 않는 것처럼
신성에 대한 호기심은 종종 재앙을 불러오기 쉽다
에덴은 이태원에 있고 이태원은 용산에 있다
용산에 미 8군이 있지만
주소지는 서울이 아니라 머나먼 캘리포니아다

이해할 수 없는 일들에 대해 맹신이 필요하다
맹신의 힘은 헤로인보다 강하지만
맹신은 두려움에서 나온다
에덴주민은 두려움에 중독된 자들이다

10

한동안 두문불출하던 태양부동산 사장님이
요즘은 아무나 보고 두 손으로 하트를 만든다
길 가다 노인만 보면 목도리를 걸어주고 운다
그걸 보고 그 양반 형님 친구가 따라 울더니
요즘은 새로 온 총무마저 아무나 껴안고 운다
그런 게 신문이면
우리 집 화장지가 팔만대장경이라는
234호의 말처럼

할 말 못 할 말 다 하는 그 신문에서
그 양반이 먹는 오뎅과 순대를 대서특필했다
오동나무 아래 저녁을 먹던 나이지리아 사람들이
저 사람들이 왜 저러느냐고 묻는다
러시아 아가씨들이
그걸 왜 우리에게 묻느냐고 역정 낸다

11

태양부동산 사장님이
중국에 가서 태극기를 거꾸로 쳐들고 올림픽 경기를 응
원했다
언젠가부터 골프 치러 747을 타고 외국을 드나들더니
돌아가신 아버지 사진을 보고
안중근 씨라고 부르기도 하고
한밤중에 〈아침이슬〉을 부르기도 했다

보광동 노점상들에게 인터넷으로 팔라고 조언도 하고
운전면허 시험에 떨어진 222호 젊은 친구에게
눈높이를 낮춰 지방으로 가라고 하고
공무원들은 서울에서 근무해야지
지방으로 가면 효율성이 떨어진다고도 했다
그러던 어느 날
에덴주민에게 이런 말씀을 날리셨다
애들아 뻥튀기 사 먹어라!

12

에덴은 이태원에 있다
에덴은 남산 건너 배수임산(背水臨山)의 흉지에 있다
에덴은 용산구에 있지만
머나먼 캘리포니아에 있고
이슬람 사원에 있지만

미 8군이 관할하는 영내에 있다
그러나
에덴은 국경 너머에 있다
에덴은 국적 너머에 있다
에덴주민 중 몇몇은 철거민이 되었지만
여전히 에덴주민은
에덴의 저쪽에 사는
신과 같은 분들이 날려 보내는 비둘기가
새파란 하늘을 양분하는 지상에서 산다

남산 위의 저 소나무

1

트랜스젠더와 주차장 영감이 싸웠다
영감이 트랜스젠더에게 싸가지 없는 놈이라고
부른 게 발단이었다
트랜스젠더는 차라리 년이라고 불러주었으면
이렇게까지 화가 나지 않는다고
싸움을 구경하는 미국인들에게 호소했다
미국인들이 년과 놈의 차이를 이해하는지 알 수 없지만
트랜스젠더의 호소에 환호로 답했다

호소의 힘은 언어의 밖에 있다
광산의 고싸움이나
청도의 소싸움처럼
이태원에도 년과 놈이란 호칭 때문에
밀고 당기는 몸싸움이 있다

2

가브리엘이 왔다
그는 민중의 지팡이답게 지팡이를 짚고 왔다
가브리엘을 보자 트랜스젠더의 바지춤을 잡고 있던
영감의 손에 더욱 힘이 들어갔다
트랜스젠더는 긴 손을 휘둘러
영감의 민머리를 내리쳤다
가브리엘의 등장으로 영감은 기고만장했지만
양성애자인 가브리엘은 어느 누구의 편도 들지 않았다

3

가브리엘의 임무는
이해 불가한 싸움을 말리는 데 있지만
년과 놈에 대한 개념이 확실한 영감을

설득할 수가 없었다
영감은 그게 있으면 남자고
없으면 여자라는 입장이었다
서로에 대한 몰이해가
물리적 충돌로 이어진다고
미국과 이라크의 싸움도 같은 이치라고
주차장 영감을 설득했지만
고추 달린 게 놈이지 년이야!
소귀에 경 읽기였다

4

가브리엘의 등장으로 싸움은 끝났다
이놈 저놈 이년 저년
미국인들도 싸움의 원인을 아는 것 같았다
하지만 미국인들은 싸움의 원인보다는

싸움의 결과를 더 중요하게 여겼다

미국인들은 새로운 전장을 찾아가고
트랜스젠더는 경찰서로 가고
영감은 다시 주차장을 시작했다

흑인과 백인 동남아인과 동북아인들이
바쁘게 서로의 자리를 바꾼다

유목민은 초지를 찾아서
농경민은 초지를 불태워 밭을 갈고

5

아담의 갈빗대로 이브를 만든 것은
아담의 쓸쓸함을 달래주기 위한 하느님의 배려다

세상의 쓸쓸함을 지우기 위해
저 많은 술집이 생겨났다
세상의 모든 쓸쓸함은 술집으로 흘러가고
술집에서 나온다
쓸쓸함을 잊기 위해
아담의 후예들이 술을 마신다
쓸쓸함을 지우기 위해 서로 멱살을 잡고
남의 일에 참견하다
더 큰 싸움으로 번지기도 한다

태초에 쓸쓸함이 있었다

6

싸가지 없는 비가 한 달이나 내렸다

지하에 물이 차서
트랜스젠더들도 어디론가 사라지고
빗소리만 남았다

애국가에 나오는 남산 위의 저 소나무가
어떤 소나무 나무를 지칭하는지 궁금해
우산을 쓰고 남산으로 산책 갔다

안익태 선생이 외국 생활을 너무 오래했나?
남산 위의 저 소나무는 찾을 수가 없었다
중국인들과 일본인들이
남산타워에서 시내의 전경을
카메라에 담고 있었다

7

주차장 영감은 그게 있지만
남자 구실을 못하고
트랜스젠더는 그걸 버려서
여자로 대접받는다
트랜스젠더는 자신의 용기로 몸을 바꾸려 하고
주차장 영감은 자연의 섭리를 받아들이라 한다
의지와 순응 사이에서 폭력이 발생하는데
이태원에서는 종종 있는 일이다

제
4
부

나비

아이를 업고 다니던 미친 여자가 있었다
내가 던진 돌이 그 여자 머리에 맞았다
그게 죄인 줄도 모르고
종일 그 여자 머리를 노리고 다녔다
내가 던진 돌이 쌓여 돌무덤이 되었다

목단 밭 돌무덤에서 나비가 날아온다
눈에 핏발이 서도록 나비는 나만 따라다닌다

추강에 낚시 드리우니

식당 벽에 걸린 달력 속에 낚시를 하는 노인이 있다
도롱이를 걸친 흰 수염 옆모습이 낯이 익다
숙취를 콩나물 해장국으로 달래며
식당주인에게 고춧가루를 더 달라고 말하려는 순간
낚시하던 노인이 나를 보고 있다

저곳은 어디일까

노인이 다시 낚싯대로 눈을 고정시킨다
낙엽이 쌓인 강바닥에 잉어가 지나간다
사람들이 고개 숙여 밥 먹는다
물고기보다 조용히 국물을 마신다

노인이 천천히 밑밥을 갈고 있다
멀리 물레방아가 보이고
허술한 나무다리를 건너오는
지게 진 사내와 그의 아들

두 자나 되는 잉어를 놓친 기억은 사물사물해지고
웅크린 채 밥 먹는 나를
저 노인은 왜 바라보는 것일까

봄비

아저씨 뭘 좀 물어봅시다
기껏해야 대여섯 살
노란 우산을 쓴 녀석의 말투가 좀 그렇다
퉁명스럽게 뭔데 했더니
1000원에서 250원을 빼면 얼마냐고 묻는다
750원!
내 목소리를 듣는 순간
아이는 있는 힘껏 이마에 구름을 모으더니
문성한의원 뒷골목으로 사라진다

새들은 하늘을 비워두고
모두 어디로 날아간 것일까

동양중학교 지붕 위로
늙은 구름이 지나간다
안경을 쓴 기차가
한강대교를 건너고 있다

언덕 위 푸르게 늙어가는 수목이

지나가는 바람에게 천수(千手)를 흔든다

사루비아

오지랖 넓은 수탉이
배추벌레 찾아 마당 헤집고
단청 밑엔 어머니 말씀대로
하는 일 없이 날마다 돈만 까먹는 냉장고가
파김치 한 포기 담고
오늘도 배앓이를 하고 있습니다
나는 나이테가 아무렇게나 뻗어나간
툇마루에 누워
방금 우체부가 가져온 청첩장 받아놓고
멍석에 널린 고추만
눈시울이 붉어지도록 바라보고 있습니다

맹꽁이

그녀는 나를 맹꽁이라고 불렀다
무논에 앉아 울던 이놈이 내 별명이 되었다

술에 취한 한밤중
맹꽁이가 울면 따라 울었다

십오 년을 그렇게 살았다

스물네 시간 시뻘건 가로등 불빛
사방에 그물 치는 겨울을 살았다

마흔에 이르렀으나 얻은 게 없었다

스물에 흘리던 눈물이
마흔의 무논에 얼어붙었다

그녀의 말대로 나는 맹꽁이가 되었다

하수구에 빠진 날

길을 걷다가 하수구에 빠졌다
〈돼지가 우물에 빠진 날〉이라는
영화를 본 적이 있지만
내가 하수구에 빠질 줄은
꿈에도 생각하지 못했다

지상에서 추락한 나를 보고
지나가던 사람들이 낄낄거렸다
나는 우물에 빠진 돼지보다
비참한 비명을 질렀다

돼지가 우물에 빠진 날
나는 하수구에 빠졌다
돼지도 나도 추락은
예상하지 못한 일이었다

예상하지 못한 일들에 경악하고

비명을 지르면
구경하는 사람들이 박수를 치고 즐거워했다

지상에서 지하로 지하에서 지상으로
돼지와 나는 오래도록 비명을 질렀다

공산명월(空山明月)

월드컵이 끝나고 아폴로눈병에 걸렸다
앞이 보이지 않아 밥도 먹을 수 없었다
산비탈 돌아나가는 계곡 물소리와
공산을 울리는 소쩍새 울음이
밤새 적막을 흔들었다

눈병이 점점 심해져 밖에 나갈 수가 없었다
방문을 닫아걸고 종일 전화기만 바라보았다

전화가 끊겼다
담배도 떨어졌다

가을 물소리만 빈방을 굴러다녔다
공산 밝은 달 아래 4년이 지나갔다

시력이 점점 흐려져 갔다
다시 월드컵이 열렸다

애인과 함께 질렀던 환호성이 들려왔다
일그러진 달과 함께 몸을 굴려 공산으로 올라왔다
아무도 보이질 않았다
그들이 너무 멀리 가버렸는가
아니면 내가 너무 멀리 와버린 것인가

소쩍새와 가을 물의 통음만
공산 빈방에 남았다

수확

밤나무 숲에 오동나무가 죽어 있다
딱따구리가 범인인 게 분명하다
아랫배와 가슴
이마에 뚫린 커다란 구멍이
오동나무에게 치명상 입혔을 것이다
몇 날 며칠 벽공 뚫는 소리에
신경이 곤두선 밤나무들
손톱 세운 채 오동나무의
비명 듣고 있었으리라
더욱 기세를 올린 딱따구리
만적이 맨주먹으로 석굴을 파듯
오동나무를 피리로 만들어갔으리라
귀 막고 있던 너도 나도 밤나무들
이때쯤은 더 이상
벽오동 울음 견디지 못해
두 말 닷 되나 되는 알밤
한꺼번에 쏟아버렸을 것이다

딱따구리는 바로

이 순간을 기다렸을 것이다

공터

이제 참회는 남의 것
나는 더 이상 빌 죄가 없다
바람에 허리를 꺾인 자목련
몸 구부린 채
없는 죄까지 고하고 있지만
밤새 마신 술로
속엣것 다 토해내
더 이상 빌 죄가 없다
사나운 마음 전지하고 남은
텃밭 푸성귀도 시들어
내 공터엔 희미한 그림자만
고개를 두리번거리고 있으나
누구인가를 그리워해서가 아니다
이 계절이 슬퍼서도
시절이 괴로워서도 아니다
그건 더 이상 참회할 죄가
남아 있지 않아서이다

해남행 완행버스

해남행 완행버스를 기다린다
제 시간에 오지 않는 버스를 탓하며
설탕 맛으로 커피를 홀짝거린다
하나둘 빈자리 찾는 사람들이
자신보다 무거운 짐을 싣고
마른 담뱃잎 같은 혀를 내밀고 잠에 든다
앞 유리창에 소망하는 마을의 이름을 달고
어눌한 표정으로 길 떠날 차비 꾸리는
해남행 완행버스
느릿느릿 목적지도 없이 길 떠나는 새벽
창밖 웃자란 풀들이 머리를 가로젓는다
보퉁이에서 삐져나온 풋나물처럼
금방 시들어버릴 표정으로
나는 지금 어디로 가고 있는가
혼자서 자라는 들녘의 푸른 풀들아!
바람아!

고집

조태일 선생의 기일에 태안사에 다녀왔다
동기들과 후배들이 그를 추억했으나
나는 그에게서 추억보다는 회한이 더 많았다
장가 못 갈 놈이라고 히죽거리는 그에게
살아서 내 결혼은 보지 못할 것이라고 쏘아붙이자
허허거리다 술잔을 잡던 그는
예순 살이 되기 전에 산으로 가겠다고 장담했다
장담한 대로 그는 예순 살을 목전에 두고 산으로 갔다
생각해보면 그에게서 배운 것은 호언장담뿐이었다
내 호언장담은 대부분 이뤄지지 않았고
그의 경우에는 그의 말대로 이뤄졌다
장담한 대로 그는 죽어서도 기어이
용인에서 망월동으로 내려왔다

이월

꽃뱀이 어둠 밀치며 반달 보는 날
매화 잎이 찬바람에 실눈 뜨는 날
그대가 내 뺨을 어르고 떠나던 날
눈물로 먼 하늘 바라보던 날
새들이 하나둘 겨울로 돌아가는 날
살얼음이 나를 간신히
강 저편으로 건네주던 날

남해 금산

짙은 안개 속에서 한 여자의 울음소리를 듣네

사방은 솜이불보다 두터운 안개의 바다

까마귀 울음소리가 바위 골짜기를 적시네

철을 넘긴 단풍이 불쑥 피 묻은 손 내밀어

남쪽 바다 먼 섬을 가리키네

눈 감고 귀 막아도 들려오는 저 울음소리

시린 눈으로 안개의 바다를 들여다보면

파도가 바위에 머리를 찧는

울음을 더 큰 울음으로 달래주는 섬이 보이네

비가

비가 내린다

머릿속을 차고 넘치는 빗소리

한강을 넘어 길 밖으로 넘치는 빗물

비둘기를 날려보나

막막함을 견디며 잠에 든다

꿈속에서도 비가 내린다

낮에 날려 보낸 비둘기가
발 디딜 곳을 찾지 못했다고
젖은 꿈속에서 운다

흑석동

비에 젖은 이불보다 무거운 양떼구름이
나흘 동안이나 하늘을 건너고 있다
바람이 사납게 짖으면 놀란 양떼들은
입간판과 유리창 플라타너스 이파리
자동차 경적 속으로 달아난다
중대병원 꼭대기 붉은 등대가
난파되어가는 누옥을 굽어보는 밤
산타마리아호 명수대 교회 십자가 불빛이
영안실 밖 호곡으로 수위를 높여가는
비둘기들의 주둥이를 닦아주고 있다
상복 입은 비둘기들이
알아들을 수 없는 말로 바람을 달래고
어두운 하늘 건너오는 반달이
등대의 이쪽으로 건너오려 안간힘 다할 때
겨우 침몰을 면한 판잣집에서
애처로운 눈빛으로 반달을 찾는 사람이 있다

삼월에 내리는 눈

삼월에 눈이 내리네
삼월에 내리는 눈은
땅에 닿기도 전에 녹아버려
발자국 하나 남길 수 없네

그 무엇 하나 새길 수 없는 마음으로
삼월에 내리는 눈을 보네
우우우우 유리창엔
바람의 한숨만 쌓이고

유리창에 흘러내리는 긴 눈물 지우며
어둔 창의 뒤편에 골몰하다 보면
가닿을 수 없는 자리마다
오래된 사람의 발자국이 보이네

삼층석탑을 쌓던 구름이 무너져
삼월 하늘에 눈이 내리네

긴 부리를 가진 짐승

강가에서 죽은 두루미를 만났다
뼈만 남긴 두루미는 마지막까지
제 긴 부리 강을 향해 뻗었다
물고기 잡기 위해
해종일 강물에 집중했을 부리는
죽음 이후에도
날카로움 잃지 않았다

두루미의 녹두알만큼 작은 눈구멍으로
일몰의 하늘이 보였다

날짐승들이
캄캄한 어둠을 뚫는
긴 부리를 앞세우며
어둠 속으로 날아갔다

해설 · 시인의 말

"큰 새 두 마리와 큰 뱀과 나"의 세계
—이창수의 시세계

장석주 시인, 문학평론가

물물(物物)들은 서로 몸을 비벼 만든 날것들의 세계로 이루
어져 있다. 여기 죽은 두루미, 기운 탑, 묶인 강아지, 무거운 양
떼구름, 수양버들, 금 간 흙벽, 돌멩이를 안고 언 겨울강, 마른
웅덩이, 미륵불, 와불, 사루비아, 공터, 목련, 열쇠 꾸러미, 화석,
새, 나비, 맹꽁이, 완행버스…… 들이 주르륵 펼쳐지며 이루어
진 물물의 세계가 있다.

여자가 집을 나갔다
고양이가 새끼를 배 왔다

슬레이트 지붕 위 뒤엉킨 덩굴이
꽃을 피워 물었다

흙벽에 금이 가고 달이 기울었다
솔바람이 울면서 산으로 갔다

먼 산에서 목탁 소리가 울려왔다

　　　　　　　　　　　　　—「처서(處暑)」 전문

　여자가 가출하고 고양이가 새끼를 배고 지붕 위에 덩굴에서
꽃이 피고 흙벽에 금이 가고 달은 기우는 이 세계가 바로 물물
의 세계다. 이것들은 본디 있고, 주체는 시간과 더불어 그것을
스친다. "흙벽에 금이 가고 달이 기울었다"는 구절은 시간이 스
치며 남긴 퇴락의 흔적이다. 세운 것은 쓰러지고 찬 것은 기운
다. 이게 물물의 세계에 작동하는 운동 역학이다. 세계는 여기—
있음이고, 여기—있음은 운동 역학에 의해 유동하고 변전한다.
물물의 세계에 구비치는 생동과 쇠락은 이 운동 역학의 반향일
따름이다. 물물의 생동과 쇠락은 주체의 욕망과 무의식에 미적
쾌감의 대상으로 포획되는 한에서만 의미를 얻는다. 시인은 이
것들을 훔친다. 정확하게 말하자면 이미지로 덧씌워 보쌈을 한
다. 그러니까 시는 이미지에 감싸여진 우주의 장물(臟物)인 셈이
다. 시가 장물이라면 시집은 장물의 수장고(守藏庫)가 될 테다.
여기 또 하나의 수장고가 있다. 그 수장고를 열어보자.
　물론 그 수장고를 채운 것은 물물들과 이미지들이다. 무생명
으로 된 물들의 세상은 비바람에 씻기며 유동과 변전의 운명을
피동적으로 내재화한다. 그것들은 삭고 부스러지고 깨지고 무
너진다. 아무리 견고한 것이라도 불변인 채 시간의 파괴력에 맞
설 수 있는 것은 없다. 그것들은 엔트로피 현상 속에서 가장 안
정된 무게중심으로 이동한다. 높은 것에서 낮은 것에로. 큰 것
에서 작은 것에로. 그것의 마지막 존재태는 먼지다. 더 이상 분
할할 수 없는 극소화된 입자들. 물물의 세계에는 이기주의나 기

회주의, 혹은 밀고와 배신은 없다. 국가–법–정치도 없다. 경찰도 없고 금고를 잠그는 일도 없다. 있는 것은 벌거벗은 생명들의 스스로 그러함뿐. 누구나 이것 위에 제 삶을 세운다. 핏줄이라는 느슨한 결속력으로 얽힌 아버지의 이복형제들, 큰형님, 아버지, 어머니, 당숙들, 고모, 할머니, 사촌, 팔촌들의 삶들이 그러하다. 삶은 아무리 범박해도 그 안을 들여다보면 여러 곡절과 사연이 있고, 그것들은 저마다 균열과 아픔을 품고 있다. 삶은 명사가 아니라 동사다. 살아 있는 것이기에 멈춤이 아니라 격류다. 삶은 사고–사건인 한에서만 삶이다. 이 욕망으로 요동치는 벌거벗은 생명 세계를 일찍이 한 지식인은 "만인의 만인에 대한 전쟁"이라고 규정한 바 있다. 이 세계에서는 뺏고 빼앗기는 일과 죽고 죽이는 일이 다반사로 이루어진다. 세우고 허무는 삶의 많은 일들은 '입'을 통한다. 이 '입'은 무엇인가. "말하는 입과 먹는 입"이다. 그 '입'에 관해 이렇게 적은 철학자도 있다. "그것은 작동하고 있다. 때로는 흐르며, 때로는 멈추면서, 도처에서 그것은 작동하고 있다. 그것은 호흡을 하고, 그것은 열을 내고, 그것은 먹는다. 그것은 똥을 싸고, 그것은 섹스를 한다. 그럼에도 '한데 싸잡아서 그것'이라 불렀으니 얼마나 잘못된 일인가. 도처에서 이것은 여러 기계들이다. 게다가 결코 은유가 아니다. 이것들은 서로 연결하고, 접속하여 기계의 기계가 되는 것이다."(질 들뢰즈 · 펠릭스 가타리, 『앙띠 오이디푸스』, 민음사, 1994) 입이 없다면 먹지도 못하고 말도 못한다. 입은 세계와 갖가지 방식으로 연결하고 접속하는 것, 즉 "여러 기계들"이다. 사람은 말하고 먹는 입이 작동하는 한에서만 사람이다. 물과 물 사이에서 삶과 죽음, 순간과 영원, 그리고 짝짓고 먹고사는 일의 던적

스러움과 고단함이 덧없이 흘러간다. 이 세계에서는 "지는 꽃은 쓸쓸함을 다해 나무를 잊을 뿐"(「목련은 무엇으로 지나」)이고, "흘러가는 강물을 바라보고 또 바라보"(「신발」)거나 "누가 이 허방을 살다 가나요"(「웅덩이」)라고 묻는다. 수양버들은 죽어가는 늙은 개와 죽어가는 사람들을 제 무릎 아래 뉘이고(「수양버들」), 새는 "바람벽 지나 내 귓속에서" 울고, "내 이마에 앉아"(「새」) 운다. 시인은 이 물물의 세계를 보고 듣는 자다. 보고 듣고 겪은 것을, 때로는 경이와 한 줄기 번개와 같은 전율을 시적 전언으로 전한다. 이창수의 시세계는 어떤 도덕이나 이념의 주장보다는 사실의 관찰이 돋보이는 현실주의의 세계에 속한다. 그의 시들은 물물들의 현존을 쓰다듬는다. 이창수 시의 말랑말랑함은 화석화된 도덕의 거친 주장이 아니라 사실들의 세계를 조목조목 관조하는 데서 나온다. 그의 시는 범박한 사실주의적 관찰에서 시작해서 홀연한 망아(忘我)의 세계로 넘어간다. 망아의 세계란 현실의 고단함이나 비루함을 넘어선 꿈의 세계이고 초연함으로 그윽해지는 세계다. 시인의 화법에 따르자면, "흙탕물에 비치는 하늘"이고, "깊고 고요"한 심연이다(「웅덩이」). "흙탕물"이 실상(實相)이라면 "하늘"은 환(幻)이고 초월은유의 이미지다. 이때 "흙탕물"은 돌연 환과 망아의 세계를 비추는 마법의 거울로 바뀐다.

길바닥에 흙탕물이 고여 있다

흙탕물에 비치는 하늘은 깊고 고요하다

하늘 위로 새와 구름이 지나간다

누군가 그 안으로 들어가 마음의 빗장 지른다

새와 구름이 사라진 고요한 대낮

시골집 툇마루 위

울다 잠든 아이의 눈두덩이에

말라붙은 눈물 자국이 보인다

손바닥으로 아이의 눈을 닦아주는 그대여

누가 이 허방을 살다 가나요

　　　　　　　　　　　　　　　　　＿「웅덩이」 전문

"웅덩이"란 허방의 세계다. 비가 한바탕 쏟아진 뒤 수레바퀴가 지나가 팬 자리에 웅덩이가 급조된다. 흙탕물이 괴고, 거기 하늘이 비치고, 그 위로 새와 구름이 지나간다. 웅덩이를 지나가는 것들에 대한 찰나 지각이 세계에 대한 지각으로 부푼다. 그지각의 지각이 이어지는 곳에서 "누가 이 허방을 살다 가나요"라는 처연한 물음이 생겨난다. 허방의 세계란 선의 화법으로 말하자면 "개새끼 똥구멍"이다. 그만큼 비루하고 누추하다. "개새끼 똥구멍"은 일체 현상의 세계를 가리킨다. 현상의 세계란 허방이고, 그것은 꿈이고, 환상이고, 물거품이고, 그림자의 세계다.

소나기 지나가고 물웅덩이가 남아 있네

물웅덩이 속으로 구름이 지나가네

구름 속으로 고추잠자리가 사라지네

말라붙은 흙 속으로 하늘이 사라지네

흙 속으로 사라진 하늘에서 개망초가 올라오네

개망초 위로 소나기와 구름과 고추잠자리가 지나가네

모두가 지나간 자리에 첫눈이 내리네

—「입동(立冬)」 전문

「웅덩이」와 「立冬」은 쌍둥이처럼 닮아 있다. "물웅덩이"는 하나의 우주다. 여기 있음의 세계다. 이것 위로 모든 것들이 지나가고, 덧없이 사라진다. 물웅덩이는 말라 사라진다. 구름도 고추잠자리도 하늘도 사라진다. 마른 물웅덩이에서 개망초가 올라온다. 그러나 그도 시들면 덧없이 사라진다. 그런 까닭에 마른 웅덩이는 아무것도 머물지 않는 영원토록 비어 있는 공간 이다. 텅 빈 자리에 첫눈이 내린다. 하얗게 내린 눈은 물물의 여 기 있음을 덮는다. 물물의 형상과 어우러짐도 지워지고 그 일체의 실상과 연기가 하나로 변해버린다. 세계의 변전이 개별자의 삶을 삼켜버리는 순간은 이렇게 온다. 많음과 하나의 분별이, 영원과 찰나의 분별이 사라진다. 이때·물물의 현존도 아름다움도 아무 뜻이 없다. 이게 바로 망아의 세계다. "흙탕물"과 "하늘"은 둘로 나뉘어져 있되 한몸 안에 구현되어 있다. 한몸 안에서 그 분별이 또렷하다. 그 분별은 수직의 위계에서가 아니라 수평의 평등함으로 명징하다. "흙탕물"이 품은 새가 날고 구름이 흐르는 "하늘"이란 현실 너머가 아니라 현실 안에서 꾸는 초연함이고 피안이다. 이는 탁함 속의 정함이요, 무명(無明) 속의 밝음이요, 유위(有爲) 속의 무위(無爲)라고 할 수 있다.

1

초등학교 2학년 때였습니다
해 질 녘 겨울 강가에서
황소만 한 새가
서쪽 하늘로 날아가는 걸 보았습니다
짙은 암회색 깃털의 새는
가는 길이 멀어 힘들다는 표정으로
지상의 나를 느릿느릿 지나갔습니다
늙고 지친 새야 어디로 가느냐?
큰 새에게 행선지를 물었습니다
큰 새는 대꾸도 없이
나에게서 아주 멀어져 갔습니다

117

2

늦가을 저녁
아버지와 어머니 중학생이 된 나와 동생이
묵석골 감나무밭에서 감을 따
집으로 돌아오는 저녁
황소보다 갑절이나 큰 새가
커다란 소나무에 앉는 것이 보였습니다
그 순간 소나무가지 우두둑 부러지는 소리가
내 귀에 뚜렷하게 말뚝 박혔습니다
우리 가족을 낚아챌 만큼
아주 큰 새였지만 다행히
우리 가족을 낚아채지는 않았습니다

3

중학교 3학년 때 천마산으로 봄 소풍 갔었습니다
길주랑 둘이서 점심을 먹다
아카시아 나무에 비닐호스 같은 것이 걸려
바람에 나풀거리는 걸 보았습니다
어른 세 사람의 키보다도 훨씬 넘는 길이였고
어떤 것은 그보다 훨씬 긴 것도 있었습니다
가까이 가보니 뱀의 허물이었습니다
세상에 이렇게 큰 뱀이 있다니!
우리는 죽기 살기로 도망쳤습니다

4

큰 새와 큰 뱀에 대한 두려움은 곧 없어졌지만
그 기억 때문에 거짓말쟁이가 되곤 합니다
살아오면서 가장 두려운 일은
거짓말쟁이로 낙인찍히는 일이고
종종 그런 경우를 당하게 되는 때가 있습니다
바로 그 이유 때문에
큰 새와 큰 뱀에 대한 기억을 버렸습니다
하지만 추운 겨울밤이면
몇 접의 떫은 감과 봄날의 소풍은
큰 새와 큰 뱀이 되어
지금도 나를 찾아오곤 합니다
                            ─「큰 새 두 마리와 큰 뱀과 나」전문

　　망아의 찰나 체험을 담은 「큰 새 두 마리와 큰 뱀과 나」라는
시는 인상적이다. 이 시는 『장자』의 「소요유(逍遙遊)」편에 나오
는 곤과 붕의 우화를 연상시킨다. 시의 화자는 초등학교 2학년
때와 중학교 때 황소만 한 새와 황소보다 갑절이나 더 큰 새를
본다. 황소만 한 새는 서쪽 하늘로 날아가고, 황소보다 갑절이
나 더 큰 새는 커다란 소나무에 앉아 있다. 중학교 3학년 때 어
른 세 사람의 키를 넘는 큰 뱀의 허물을 본다고 기술한다. "세상
에 이렇게 큰 뱀이 있다니!/우리는 죽기 살기로 도망쳤습니다."
큰 것과 마주쳤을 때의 반응은 놀람과 두려움이다. 시의 화자는
죽기 살기로 도망간다. 이것은 사실 같은 거짓말일까, 아니면

거짓말 같은 사실일까. 이게 사실이든지 기억의 왜곡이든지는 중요하지 않다. 우리에게 일어나는 모든 것을 만드는 것은 바로 자신의 의지, 내면의 자아다. 한 철학자는 "우리는 모두 우리의 꿈의 숨은 연출자다"(쇼펜하우어)라고 말한다. 사람들은 "큰 새 두 마리와 큰 뱀"의 이야기를 믿지 않는다. 시의 화자는 "거짓 말쟁이로 낙인찍히는" 게 싫어서 "큰 새와 큰 뱀에 대한 기억"을 버린다. 그 기억을 버림으로써 시의 화자는 세속과 타협하고 현실로 귀환한다. 아무튼 많음과 하나, 큰 것과 작은 것, 영원과 찰나가 경계없이 어울리는 원융무애(圓融无涯)한 세계를 엿보았다는 게 중요하다. 그것은 "흙탕물"과 거기 비친 "하늘"이 하나로 합쳐지고, 세속과 피안이 몸 섞는 찰나다. "큰 새 두 마리와 큰 뱀"은 "흙탕물" 위로 떠가는 "하늘(망아)"의 영역에 속한다. 소년 이창수가 틀림없을 소년 화자는 주관의 발견과 경이의 체험을 했다는 사실에 주목하자. "큰 새 두 마리와 큰 뱀"은 상상력의 태초, 원초의 체험이다. "흙탕물"에서 "하늘"을 꿰뚫어보는 이 놀라운 체험이 그를 시인으로 키운 자양분이 되었을 것이라고 짐작한다. "큰 새 두 마리와 큰 뱀"은 그 본질에서 실재가 아니라 헛것, 환영, 현실이 빚은 신기루다. 어린 시의 화자는 이미 몸됨의 세속을 자각한 자로서 의연하다. 그 의연함에 "큰 새 두 마리와 큰 뱀"의 세계와 부딪치자 의연함은 사라지고 오로지 놀라 도망간다. 왜 그랬을까? 현실과 다른 세계의 낯섦 때문이다. "큰 새 두 마리와 큰 뱀"이 계시하는 삶 너머의 삶이 뿜어내는 압도적인 낯섦, 그 초연함이 불러일으킨 경이 때문이다.

　　강가에서 죽은 두루미를 만났다

뼈만 남긴 두루미는 마지막까지
제 긴 부리 강을 향해 뻗었다
물고기 잡기 위해
해종일 강물에 집중했을 부리는
죽음 이후에도
날카로움 잃지 않았다

두루미의 녹두알만큼 작은 눈구멍으로
일몰의 하늘이 보였다

날짐승들이
캄캄한 어둠을 뚫는
긴 부리를 앞세우며
어둠 속으로 날아갔다

—「긴 부리를 가진 짐승」 전문

　　허방의 세계란 녹두알만큼 작은 두루미의 눈에 비친 세계일
것이다. 이 세계는 생존의 바탕 조건이다. 거기서 날고 짝짓기
를 하고 먹이를 구하던 두루미는 죽었다. 시인은 죽은 두루미의
"해종일 강물에 집중했을 부리"를 보고 이 허방의 세계에 소용
돌이치는 삶과 죽음에 대해 지각한다. 그것은 날카로운 내적인
지각이다. 그 지각의 실체는 모호하다. 두루미의 날카로운 부리
에서 두루미의 먹이를 찾아 헤매는 일의 고단함에 제 생업의 고
단함을 슬쩍 겹쳐본다. "긴 부리를 앞세우며 어둠 속으로 날아
가는" 두루미들은 이 물물의 세계에 작동하는 전체로서의 필연

을 보여준다. 이 필연 위에서 삶은 사고—사건이다. 두루미들은
그냥 날아가는 것이 아니다. 긴 부리를 앞세우며 날아간다. 긴
부리는 "입"이다. 도덕적 정열에 앞서는 먹고사는 일의 숭고함
에 대한 암시다. 죽음이 있기에 살아 있음은 지복(至福)이다. 지
복이기에 숭고하다. 그래서 두루미들은 어둠 속을 날아가는 일
도 마다하지 않는다.

돌 속에서 물고기가 헤엄치고 있다

가시만 남은 몸으로 헤엄치고 있다

눈꺼풀도 없이 앞만 보고 있다

물고기에게는 전생도 후생도 없다

오직 현생만 있을 뿐이다

석경(石經)에 그렇게 기록되어 있다

물고기가 돌의 강물에서 헤엄치고 있다

백 리 또 백 리
            —「화석」 전문

허방의 세계란 "물고기가 돌의 강물에서 헤엄치"는 화석의

세계이기도 하다. 물론 이것은 사실적 관찰이 아니라 상상으로 붙잡아낸 세계다. 물고기는 이미 죽었다. 화석이 되었다. 죽은 물고기는 "돌의 강물"에서 헤엄을 치고 있다. 그게 죽은 물고기의 현생이다. 이 현생은 전생도 후생도 없는 흔적으로서의 삶이다. 이것은 공(空)이고 무(無)다. 모든 산 것은 이 공과 무로 돌아간 뒤에 비로소 무애의 경지에 닿는다. 두루 걸림이 없다. 걸림이 없으므로 자유롭다. 두루 자유롭기에 무엇을 소유하려는 욕망에서도 자유롭다. 아울러 이 세계는 상망(相忘)의 세계다. 상망은 서로의 존재를 잊음이다. 잊었으니 너와 나의 분별도 뜻없다. 일체만물이 뜻없음 안에서 넓게 퍼져 있다. 동사인 '삶'들을 떠받치는 것은 바로 이 우주의 공과 무다. 물고기도 두루미도 사람도 이 무에서 나와 다시 무로 돌아간다. 무에서 무로 돌아가기. 무와 무 사이에서 춤추기. 그게 삶이다. 산다는 건 "흙탕물"에서의 사건이요, "하늘"은 "흙탕물"이 꾸는 꿈이요 아스라한 피안이다.

> 밧줄에 묶인 강아지가 밧줄과 함께 놀고 있다
> 밧줄을 물고 할퀴며 밧줄에 길들여지고 있다
> 밧줄이 허락한 거리는
> 은행나무 둥치에서 치킨집 유리문까지
> 강아지는 맹렬한 속도로
> 치킨집 유리문을 지나가려다 나동그라진다
> 나동그라지면서도 밧줄에서 벗어나려고 애쓴다
> 밧줄이 느슨한 자리에
> 주인이 놓아둔 밥그릇이 있다

밧줄과의 놀이에 짜증난 강아지가 밥그릇을 뒤엎는다
곧바로 밧줄의 길이가 짧아진다
은행나무 아래 늙은 개가 긴 혀를 내밀어
강아지의 잔등 천천히 핥아준다
은행나무에서 유리문까지가
살아서 갈 수 있는 제 거리의 전부라는 걸 아는 강아지
은행나무와 치킨집 유리문에 싼 오줌으로
제 영역을 지킨다
강아지는 밧줄 너머의 세상을 바라본다
밧줄에 목이 감긴 강아지가
지금까지 내민 혀 가운데
가장 긴 혀를 주인에게 내민다

　　　　　　　　—「세상에서 가장 긴 혀」 전문

　심상하게 묘사된 강아지의 생태에서 시인은 욕망의 세계를
적시해낸다. 강아지의 자유는 줄에 묶여 있기에 제약된다. 고작
일삼는 놀이가 밥그릇을 뒤엎는 것이다. 강아지는 "나둥그라지
면서도" 저를 묶은 줄에서 "벗어나려고" 줄과 씨름을 한다. 주
인이 있고, 줄로 묶인 강아지가 있다. 줄과 그 예속 사이에서 강
아지가 보여주는 행위들은 비천하고 졸렬한 삶의 실상이다. 강
아지를 삶으로 바꿔보자. 이 시는 돌연 비루한 삶의 풍경으로
바뀐다. 줄에 묶여 있는 것은 바로 사람이다. 줄에 묶인 강아지
는 욕망의 한계 속에 갇혀 있는 삶에 대한 환유로 읽힌다. 주인
에게 내미는 개의 "가장 긴 혀"란 무엇인가. 제 목에 줄을 건 주
인을 향한 비굴한 아첨과 굴종의 혀다. 범박한 시선이지만, 그

시선에 의해 드러나는, 그 어디에도 추상과 사변이 끼어들지 못
하는 현실의 비루함은 결코 범박하지 않다.

> 삼월에 눈이 내리네
> 삼월에 내리는 눈은
> 땅에 닿기도 전에 녹아버려
> 발자국 하나 남길 수 없네
>
> 그 무엇 하나 새길 수 없는 마음으로
> 삼월에 내리는 눈을 보네
> 우우우우 유리창엔
> 바람의 한숨만 쌓이고
>
> 유리창에 흘러내리는 긴 눈물 지우며
> 어둔 창의 뒤편에 골몰하다 보면
> 가닿을 수 없는 자리마다
> 오래된 사람의 발자국이 보이네
>
> 삼층석탑을 쌓던 구름이 무너져
> 삼월 하늘에 눈이 내리네
>
> ──「삼월에 내리는 눈」 전문

「삼월에 내리는 눈」이란 얼마나 보잘것없는가. 그것은 땅에
닿기도 전에 녹아버린다. 삼월의 눈은 "발자국 하나 남길 수 없
네". 이 철 늦은 눈은 아무 보람도 결실도 없는 삶의 표상이다.

한숨과 눈물은 시인의 것이다. 아울러 그것은 "그 무엇 하나 새 길 수 없는 마음"의 산물이다. 땅에 닿기도 전에 녹는 삼월의 눈은 꿈이 꺾인 패자의 헛된 시도다. 좌절의 누적은 내면에 심리적 패배주의의 누적으로 이어진다. 이게 끝이 아니다. 놀라운 반전이 있다. 시인은 삼월의 눈에서 "오래된 사람의 발자국"을 기어코 읽어낸다. 태초의 사람, 이 세상에 처음 내린 눈을 밟은 사람의 발자국이다! 세련된 수사도 없고 형식의 새로움도 구현하지 않는 이창수의 시는 가끔 이렇게 비범한 관찰을 숨겨놓는다. 이런 비범한 관찰이 시의 평이성을 단숨에 무너뜨리고, 양질전화(良質轉化)하며 평지돌출(平地突出)한다.

무엇보다도 이창수의 시들은 생활의 맥락과 긴밀하게 연결되어 있다. 현란한 이미지도 없고, 화사한 말의 성찬도 없다. 생활은 근사하지 않기 때문이다. 오히려 생활은 쉰내가 나고 누추하고 음습하고 암울하다. 그런 생활의 맥락에서 보자면, 제 삶은 보잘것없다. 그래서 시인은 "할머니와 어머니가 사십 리 길 걸어/시든 배와 쌀 닷 되를 놓고/내 명운을 빌어주었으나/나는 폐사지 잡초보다 보잘것없다/보잘것없는 잡초가/내 전생이면서 현생이다"(「일월사 미륵불」)라고 자조 섞인 고백을 한다. 폐사지의 잡초보다 보잘것없는 삶이라니! 그게 제 전생이며 현생이라니! 그 어조의 절박함이 순간 가슴을 친다. 가슴이 뭉클하다. 이기는 것들은 생명 약동한다. 뻗고 솟고 번지고 무성하고 창대하다. 반면에 지는 것들은 꺾이고 줄고 가라앉고 무너지고 작아지고 사라진다. 생명 쇠약의 기운으로 그 실상이 보잘것없어지는 것이다. 이창수의 시는 끝없는 패배와 좌절로 인해 보잘것없어지는 이 삶의 보잘것없음에 대한 탐구다. 그는 욕망과 현실에 대한 사실적 관찰로 토대를 쌓고 그 위에서 묻는다. 왜 삶은 이토록 보잘 것없는가. 어떻게 하면 삶은 보잘것있어질 것인가. 그런 물음들의 연쇄가 시인의 자의식의 껍질을 뚫고 나온다. 구체적 생활의 실상을 꿰뚫는 이 근원적이고 본질적인 물음들의 겹으로 이루어진 이창수의 시를 읽는 일은 정말 즐겁고 고통스럽다.

사십 년을 지불하고 불혹을 얻었지만 나는 여전히 헤매
고 있네. 그대여 내가 부르는 쓸쓸한 노래를 들어주오.

—2011년 6월 이태원에서, 이창수